WENTWORTH WEBSTER

LE DICTIONNAIRE

Latin-Basque

DE PIERRE D'URTE

BAYONNE

IMPRIMERIE A. LAMAIGNÈRE, RUE JACQUES LAFFITTE, 9

1895

LE

DICTIONNAIRE LATIN-BASQUE

DE PIERRE D'URTE

———∘∘∘———

Les feuilles qui suivent cette courte préface sont les vingt-cinq premières pages du manuscrit du *Dictionarium Latino-Cantabricum,* de Pierre d'Urte, conservé depuis le commencement du XVIIIᵉ siècle dans la bibliothèque du comte de Macclesfield, à Shirburn Castle, Oxfordshire, en Angleterre. Nous devons la permission de l'imprimer à l'obligeance du noble propriétaire. La copie en a été faite par M. le Révᵈ Llewelyn Thomas, vice-principal du Jesus Collège, Oxford. Tout ce qu'on sait sur Pierre d'Urte et sur les manuscrits basques, le lecteur le trouvera aux pages 23-25 de l'*Essai d'une Bibliographie de la langue basque,* par Julien Vinson (Paris, Maisonneuve, 1891), dans *Anecdota Oxoniensia* part X *The earliest Translation of the old Testament into the Basque Language (a fragment) edited by* Llewelyn Thomas (Oxford 1894) pp. IX-XVI et dans la *Revue de Linguistique,* 15 juillet 1893, pp. 255-269.

Le *Dictionarium Latino-Cantabricum* dont nous publions ici les vingt-cinq premières pages comprend cinq volumes manuscrits.

	PAGES	PREMIER MOT	DERNIER MOT
Volume I	553	a ab	amœnare.
» II	548	amandatio	astrepere alicui.
» III	450	astricte	caduciter.
» IV	476	caducum	choléra.
» V	470	cholericus	commotus.

Le tout n'est qu'un fragment.

Le premier volume débute par quelques remarques sur le verbe basque, comme Pierre d'Urte le comprenait. Ces remarques sont nécessaires pour l'intelligence des chiffres 1, 2, 3, 4, 5 préfixés aux verbes dans le dictionnaire. Pierre d'Urte distingue cinq modes infinitifs du verbe basque, qu'il classe ainsi :

1. Mintçatcea ; 2. Mintçatçen ; 3. Mintçatu ; 4. Mintça ; 5. Mintçatuco *vel* mintçaturen, loqui, etc.

1. Irakhastea ; 2. Irakhasten ; 3. Irakhatssi ; 4. Irakhats ; 5. Irakhatssico *vel* Irakhatssiren, docere, etc.

1. Eguitea ; 2. Eguiten ; 3. Eguign *vel* eguin ; 4. Eguignen *vel* eguingo facere, etc.

1. Ematea ; 2. Ematen ; 3. Eman ; 4. Emanen *vel* emango dare, etc.

I. — Le premier de ces cinq modes infinitifs tient souvent lieu d'un nom substantif : 1° Mintçatçea : le parler.

II. — Le deuxième mode infinitif est employé avec l'auxiliaire pour le présent et l'imparfait de l'indicatif : 2° Mintçatçen naiz, *Loquor*, etc. Mintcatzen gare, *Loquimur*. Mintcatzen mintçén, *Loquebar*. Mintçatçen guignen, *Loque bamur*.

III. — Le troisième mode infinitif avec l'auxiliaire sert pour le parfait et le plus-que-parfait : 3° Mintçatu naiz, *Locutus sum*. Mintçatu gare, *Locuti summus*. Mintçatu mintçen, *Locutus eram*. Mintçatu guignen, *Locuti eramus*.

IV. — Le quatrième mode infinitif sert pour l'impératif mintça çaïte, *Loquere*. Mintça çaitezte, *Loquimini*. Mintça nadign, *Loquar*. Mintça gaitecen *vel* gaitean, *Loquamur*. Mintça bedi *vel* dadilla, *vel* dadillala, *Loquatur*. Mintça beitez *vel* daiteçela, *vel* daiteala *Loquantur*.

V. — Le cinquième mode infinitif est employé comme

uṅ futur. Mintçatuco *vel* mintçaturen naiz, *Loquar.* Mint-
çatuco..... gare, *Loquemur.* Les troisième et quatrième
modes infinitifs remplacent l'optatif : 4° Ochala mintça....
nadigu, nendign. *Utinam loquar loquerer ;* 3° Ochala mint-
çatu..... nintçen *vel* banitç, *utinam Loculus fuerim.*

Ce résumé suffit, je crois, pour l'explication des chiffres
préfixés aux verbes dans le dictionnaire. Toute cette
préface en latin a été déjà publiée dans *la Revue de Linguis-*
tique, 16 juillet 1893, pp. 262-265.

Le Dictionnaire Latin dont Pierre d'Urte s'est servi
pour ses traductions basques doit avoir été un des lexi-
ques en usage de son temps dans les colléges et les Uni-
versités, surtout pour apprendre à parler et à écrire le
latin. Nous n'avons pu en retrouver l'original. Ce n'était
pas seulement un dictionnaire de la langue classique. Il
se retrouve des mots de basse latinité qu'on ne trouve que
dans le *Glossarium* de Ducange et dans d'autres lexiques
du moyen âge. Dans ces vingt-cinq pages, il y a même un
mot au moins, *abannatus,* que j'ai cherché en vain dans
Ducange quoique le substantif *abannatio* y soit. Peut-être
quelqu'un de mes lecteurs au courant des dictionnaires
lexiques latins antérieurs à celui de Forcellini et Fac-
ciolati pourra nous indiquer l'ouvrage dont Pierre d'Urte
s'est servi. Ces vingt-cinq premières pages sont données
ici surtout comme spécimen, afin que le monde savant
soit mis à même d'apprécier s'il pouvait être utile de
faire imprimer le reste des 5 vol. manuscrits du diction-
naire de Pierre d'Urte.

W. W.

DICTIONARIUM

LATINO-CANTABRICUM

DICÇIONÁRIO LATIGNESCÁRA.

VEL

LATIGNEZCARAZCO DICÇIONARIOA.

VEL

DICÇIONÁRIO LATIGNEZCARÁZCOA.

—————

A

a. ab. abs.

ab oriente.
orientétic, orientetican.
oriente partetic partetican.
oriente aldetic, aldetican.
orientéco partetic, partetican.
orientéco aldetic, aldetican.
estetic.
estéco partétic.
estéco aldétic.
iguzkilkhi aldétic.
iguzkilkhi partétic.
iguzkilkhilekhutic.
ab occidente.
occidentétic.
occidente partétic.
occidente aldétic.
occidenteco partétic.
occidenteco aldétic.
vestetic, vestétican.
vestéco partétic,

iguzquiestal aldetic.
iguzquiestal partétic.
iguzquisar aldétic.
iguzquisar partétic.
iguzquisar lekhutic.
ab aquilone.
nortétic, nortetican.
norte partétic.
norte aldétic.
norteco partétic.
norteco aldétic.
a meridie.
eguberditic.
eguberdialdétic.
hegoa aldétic. hegoa aldeti-
 can.
hegoa partetic, *vel* parteti-
 can.
.eguberdi partétic, partetican,
 venio,

A

ab urbe.
ab agro, ab agris.
hirititican, herritican.
hiritic, herritic.
larretican.
larretic, bazterretaric, baz-
    terretarican.
heldu naiz.
redeo a villa.
bassaherritic *vel* bassaher-
    ritican.
nathor.
Æneas fugiens a Troja.
Eneas Trojatic troyatican.
Thessidohála.
a Tenedo.
Tenedo Irlatic, Irlatican.
Roma profugerunt.
Erromatican.
Erromatic ihesseguin.
dute.
Capua romam petit.
capuatican.
Capuatic erromara.
doha.
domo, rure, humo.
etchetic, larretic larretican.
lurretic, lurretican.
video rure redeuntem.
senem.
badacussat guiçon çahar
bat larretic heldudela.
domo dudum huc accersita
    sum.

A

etchetican.
etchetic doydoya.
errakharraçi naute.
a prope.
hurbilletican.
hurbilletic, hurbildic.
venio a propé.
hurbilletic heldunaïz.
a procul.
ab hinc.
ab illinc.
urrunétic.
hemendic, hemendican.
hortic, hortican.
handic, handican.
ab intro.
ab extra.
barnetic, barnetican.
campotic, campotican.
a sursum.
a deorsum.
gagnétic, gagnetican.
beheretic, beheretican.
vsque a capitolio.
capitoliotic.
capitoliotican.
(6 lignes effacées).
a principio.
hastétic, hastetican.
hastehastétic.
ab illo tempore.
Dembora hartaric, harta-
    rican.
dembora hartaz

A

gueroz.
dembora hartaz.
guerostic, guerostican.
usque ab aurora.
goïçétic, goiçétican.
goïç goïcétic.
goiçgoicetican.
a prima luce.
argui hastétic.
. argui urratcétic.
argui urratçetican.
a cœna.
afaldu eta.
afal ondóan.
afaldu ondóan.
afalduz gueroz.
afalduz guerostic.
afalduz gueroztican.
a Jentaculo.
gossáldu eta.
gossalondóan.
gossaldu ondóan.
gossálduz guéroz.
gossálduz gueróstic.
gossálduz gueróstican.
a media nocte.
gauérdiac joéta.
gauérdi ondóan.
gauérdiac Jozguéroz.
gauérdiac Jozguérostic.
gauérdiac Jozguérostican.
ab incunabulis.
sehascátic.
sehascátican.

A

ab infantia.
haurrétic.
haurtassunétic.
haurtassunétican.
a puero, a parvulo, ab pue-
ritia.
haurretic, haurretican.
ttipidánic, ttipidanican.
haurttipidanic.
haurtassunetic, haurtassu-
netican.
ab ineunte adolescentia.
gaztarassunetic, gaztarassu-
netican.
adinferdehastétic, adinferde-
hastetican.
ab hoc sermone.
solas hunen ondoan.
solas hau eguin gueroz *vel*
guerostican.
solas hau eguigneta.
solas hau eguin guerostic.
solas hau eguin guerostican.
solas hau eguignez gueroz.
a primo.
beréhala.
lehénic, lehenican.
lehenlehénic.
lehenbicicóric, leheníbicicó-
rican.
utinam a primo ita tibi esset
visum.
ochola bada.
berehalac horla.

A

lduritu balitçaïtçu.
a limine disciplinas salutare.
athalapustétic
athalapustean.
cientçiey agureguitea.
ab ostio auscultavi.
athean.
athetic entçun dut.
a via salutare.
bidean.
bidearen gagnéan
agur eguitea.
bacillum leuiter
summo inflexum.
puntatic arínqui.
plegaturicáco chigórra.
Cadus a summo plenus.
gagneragno bethericaco Thi-
gna.
ab extremo ordiri.
burubatetic hastéa.
funiculus a puppi religatus.
untçiguibeletic *vel* guibele-
tican.
amarraturicaco soca.
a rege secundus.
erregueren ondocóa.
erregueganic hurbillena.
dulcissimum ab hominis.
cámelinum lac.
cameluaren esnéa
emacumearenétic.
hurbillda.
a parte

A

aldetic, aldetican.
ab omni parte.
aldeguçietaric *vel* guçieta-
rican.
a dextra.
escugnétic, escugnétican.
escugnetaric, escugnetari-
can.
escugneco aldetic.
ab Lœva.
ezquerrétic, ezquerretican.
ezquerretáric, ezquerreta-
rican.
ezquerreco aldétic.
a vento.
haïce aldétic.
a fronte.
aïtçignétic, aïtçignétican.
a tergo.
guibelétic, guibeletican.
a romanis Tubœ cecinerunt.
erromarren aldétic.
trompetec Errepicatu dute.
a senatu stat.
senatuaren aldetic dago.
ab aduersariis stare.
etssayen aldetic egótea.
a nobis facit.
guretçat harida.
a me est.
enetçat hare da.
ab reo disputare.
hobenduriaren fabore *vel*
alde guducatçea.

A

à me pudica es.

nitaz beçambatean.

pressuna prestuada.

ab exercitu paratus.

armadaraco beçala.

prestatua, prest.

ab equitatu firmus.

çamarizco soldadu

beçala fermu. borthitç.

a labore inuictus.

nequéaz eçign garaïtuzcoa.

nequeac eçign garaïtua.

ecign nekhatuz copressun.

ab ingenio improbus.

naturaleçaz gachtóa.

doleo ab oculis. ab animo

beguiétan mindut.

bihotçean mindut *vel,*

bihotçétic, beguietaric mi-

gnez nago.

veni quæsitum ab eo.

horri galdétçera ethorri naiz.

cauendum ab istoc.

beguiratu beharda horren-

ganic.

a se aliquid facere.

bere buruz cerbeit eguitea.

bere burutaric cerbeit egui-

tea vel burutarican.

a se oritur.

berenez heldu da.

sortcen da.

non hoc a me prompsi sed

fortuito incidi.

A

eztut neuseburuz

solaseguiteco chedéa.

içatu. bagnan vstecabez

itçuri çait.

dic a me salutem ciceroni.

ene partez agureguiocu ci-

ceroni.

fulgor ab auro.

vrrearen distiadura.

vrreticaco distiadura.

calor a sole.

iguzquiaren berotassuna.

iguzquiticaco berotassuna.

nuntius ab illo.

harenberric áléa.

harenberric khárilea.

hareneticaco berriekharllea.

ab andria est ancilla hœc.

andria Irlacoada nescatcha

hau.

esne a milite?

soldaduaréna çare?

a placentia, a puteolis.

a platone, ab aristotele.

placentciacoa.

placentciárra.

Puteolácoa.

Puteolárra.

ab actis.

actuarius.

notari publicoa.

a commentariis.

commentariensis.

orhoit liburua.

A

a cubiculo cubicalarius.
guelaria.
ab epistolis.
secretarioa.
a libellis (supplicibus).
erreguista naussia.
a manu.
secretarioa.
iscribalária.
a memoria.
orhoitçaillea.
orhoitaraztçailleaꝛ.
abissatçaillea.
abissu emaïllea.
a pedibus.
Lekhajoa.
ognezcoa.
ognezdohána.
ognezco muthilla.
a pugione.
Ezpatekhárllea.
pugnalekhárllea.
Ezpataduna.
pugnal duna.
dagekharllea.
dagaduna.
a poculis.
edatera emaillea.
a rationibus.
aditçaillea.
a sacris.
capera çagna.
capara naussia.
a secretis,

A

Estatu secretarioa vel.
estatuco secretarioa.
a sanctioribus et secretiori-
    bus consiliis.
estatuco contsseilléroa.
Erregueren contsseilléroa.
a me nescio quis exit.
eztáquit nor dóhan éne et-
    çhetic, vel etchétican abre.
beharez béçala.
haud ab re duxi.
eztut aurkhitu beharez
    beçala. vel.
behar beçala aurkhitudut.
ignaui a discendo cito deter-
    rentur.
alferrac ikhasteaz.
Laster içitçen dire.
oppidum ab Ænea conditum.
Eneassec eguignicaco hiria.
    vel.
Eneassec eguignicao vel.
Eneassec eguignaraciricaco
    héria.
capitur. captus est ab hostibus.
Etssayez vel Etssayec har-
    tua da.
a ciue spoliari.
hestárraz builluzgorritua
    içatea vel.
hertárrac builluzgorritcea.
ab hoste venire.
etssayaz saldua içátea vel
    etssáyac saltçéa.

A

a valentiore interiit.
bera bágno sendagoaz hilla
içatu da. *vel.*
sendagoaz hilla içatu da. *vel.*
sendagoac *vel* berabagno sen-
dagoac hildu.
a vento tumet vnda.
haïçer haunditçendu vhigna.
vel.
haiçeac haunditçendu vhi-
gna.
occidit a forti sic Dii voluis-
tis, Achille.
Akiles balentaren escu hilla
içatu da i *a manu achillis,*
çuen nahia da hori o Jain-
goicoac ! *vel.*
akiles balentac hill içatu
du.
a me soluam.
nerorrec pagatuco dut. i, *ego-*
met.
ab hœrede Trapezita.

A

primuar *vel* dirubancuça-
gnar pagatua, *vel.*
primuac. dirubancuçagnac
pagátua i *quod soluit hœ-*
res vel.
a capite ad calcem vsque.
burutic ognéco Erhiragno,
vel crhipuntarágno.
a vertice ad talos ab ovo
vsque ad mala.
hastetic akhabatcerágno.
a gadibus vsque ad gangem.
(*) vëstetic esterágno.
ab aurora vesperum vsque.
goïcétic arratsserágno.
ab aliquo Loco.
cembeit lekhutaric *vel,*
nombaïtic.
nombaïtican.
vnicum verbum.
ab araccœli vsque.
ad Minervam.
Araçéletic minerbarágno.

Le titre du Dictionnaire fut écrit d'abord ici. Il a été gratté depuis. Probablement ceci fut le commencement du Dictionnaire. Les pages précédentes, A et Ab, y furent ci-jointes après.

A *Pisidiâ (in Italiâ)*

Aarassus. *(in Italiâ)*

Aarassoa, *gen* Aarassoarena.

Abrinoä, Abrinoa, abrinoaréna.

Aaron. Aaron, *gen* Aaronéna.

Abacoa, *gen* abacoco.

Ir Laréna.

Abactus. A. campora.

Khenduä, etchatuä.

tiratuä, atheratúa khassátuä.

vel khenduricacoa, etc.

Abactor, khentçaillea khassatçaiilléa, Etchatçailléa.

tiratçailléa, atheratçailléa.

a tergo, a Puppi, guibeleti-can.

guibeletic guibeléco.

aldétic popatican, popatic, popa.

aldétic poparen ingurúan, popa aldéan, popáco aldéan.

abücere omnem.

spem, ossóqui etssitçéa.

etssi, etssitu.

abjicere omnem spem non est bonum.

A

ossoqui etssitçëä.

ezta on.

non possum abjicere.

omnem spem.

ecign etssi deçáquet.

ossóqui.

nollem abjicere,

omnem spem.

eznuque nahi etssitu ossóqui.

et sic de cœteris; abjicere sese atque prosternere.

ahuspez, 1 iartçéa, 3 iarri, 4 iar, 2 iartçen, 5 iarrico.

attenuari, marscescere.

1 mehetçéä.

1 vrmariatçéä.

1 vrtçéä, 5 vrthuco.

4 mehe, 3 mehetu.

4 vrmaria, 3 vrmariatu, 4 vr, 3 vurthu.

5 vrmariatuco.

Abbas, abadéä.

fraïde naussia.

abbatissa, antistita abadessa.

serora naussia.

Cœnobium monasterium.

comentuä.

Irlarena de Irla, promontoira.

A

fraide Teguiä.

monasterioa.

abbreuiare, contrahere in compendium redigere.

1 laburtçéa, 4 labur.

3 laburtu, 2 laburtçen.

5 laburẙuco.

1 herstea, 4 hertss, 3 herstu, 2 hersten, 5 herstuco.

1 ttipitçéä, 4 ttipi.

3 ttipitu, 2 ttipitçen.

5 ttipituco *vel* ttipituren.

abbreuiatus, contractus, in compendium redactus.

Laburtua herstúa.

ttipitúä.

Abbreuiatio contractio.

Laburtassuna.

ttipitassúna.

hertssitassuna.

Alphabetum tabula abecedaria.

abeçeco liburua.

abeçea.

Abecedarius, puer elementarius.

abecedarioa.

abeçéco escoliera.

abeçéan dagoëna.

Abel, abel.

abelena.

abactus, us, m.

bortçhazco khassatçéa.

abacus, çi, condatçeco mahágna.

A

iscribatçeco mahágna, baçhera mahágna.

abagio, prouerbioä ditçhóa, errefaba, *uel* errafaua.

abalienare.

1 bertçereneguitéa.

3 bertçereneguign.

2 bertçereneguiten, 5 eguignen.

1 aldaratçea, 4 aldara.

3 aldaratu, 2 aldaratçen.

5 aldaratuco.

1 vztea, 4 vtç, 3 vtçi.

2 vzten, 5 vtçico.

quod nostrum erat abalienaui.

guréa bertçeren eguindut.

abalienauit animum a me.

3 aldaratu da eneganic.

abalieunauit totum se a te Dolabella.

Dolabellac 3 vtci auçaïtu ossóqui.

abalienari.

bertceren eguiteä.

Domus Petri fuit.

abalienata.

Piarressen Etchéä.

bertçeren eguinda.

abalienatio.

bertçeren eguitea.

aldaratçéa, vztéa.

abalienatus, a.

bertceren eguigna.

A

aldaratua, vtçia.
abamita.
aitabrahirassoaren arreba.
abanet.
guerricóä.
(*) *Abannatio.*
vrthebatéco, *uel* vrthebate-
taco destórruä guçóna hil
laz.
abannatus.
vrtebatetyco desterratua gui-
çóna hillaz.
abaptistum.
Trepana buruheçur cillhe-
baquitceco barber erre-
menta.
abarcere.
1 guardatcea, 4 guarda, 3
guardatu, 1 beguiratçea,
2 beguiratcen, 3 beguiratu.
1 beguira, 5 beguiratuco.
2 guardatcen, 5 guardatuco.
abata.
Lekhu gaitçac, *uel.*
Lekhu dorphéac, *uel.*
aspreäc *vel* eçin.
hurbilduzco Lekhua.
abauus aitassoren.
aitassoa.
aitabrahirassoa.

A

abauia, amabrahirassoa
amassoren amassoa.
abauunculus.
amabrahirassoaren anája.
abba, aïta.
abbas.
Comentúco, buruçaguía, *vide*
suprà.
abdicare.
1 desaithortçea, 4 desaithor,
3 desaithortu, 2, 1 desait-
hortcen, 5 desaithortaco,
1 khentçea, 4 khen, 3 ken-
du, 2 khentçen, 5 khen-
duco.
1 khassatçea, 4 khassa, 2
khassatçen, 3 khassatu, 5
khassatuco, 1 abandonat-
çea, 4 abandona, 3 aban-
donátu, 2 abandonatcen,
5 abandonatuco.
1 vztéa, 4 vtç, 3 vtçi, 2
vzten, 5 vtçico.
1 Largatçea, 4 larga, 3 Lar-
gátu, 2 Largatcen, 5 Lar-
gatuco.
1 desprimutçéa, 4 despri-
mu, 2 desprimutcen, 5 des-
primutuco, 3 desprimátu
mas.

(*) Sur le mot *Abannatio* voyez Ducange. Glossarium « Annuum exsilium
propter voluntariam cœdem admissum » ab *ab* et *annus.* Ducange ne donne pas
le mot *abannatus.*

A

1 desandregaitçéa, 4 desan-
dregai, 2 desandregaitçen,
3 desandregaitu, *fem*, 5 de-
sandregaituco.
*mauult Pater corrigere filium
quam abdicare.*
nahiago du aitac bere seméa
3 çuçendu ecenez, 3 aban-
donatu, 3 vtçi, 3 largátu,
3 desprimútu, 3 khassatu,
3 desaithortu, 3 khendu,
3 vkhátu.
abdicare legem.
Leguea 1 vkhatçea, 4 vkha,
3 vkhátu, 2 vkhatçen, 5
vkhatuco.
abdicatio, vkhatçéa.
abandonatcea, largatcea,
vztea, khassatçéa despri-
mutçéa.
desandregaitçea.
abdicere, impedire.
1 debecatçea, 4 debeca, 3 de-
becatu, 2 debecatcen, 5 de-
becatuco.
*abdicere in servitutem du-
cere.*
Esclabo 1 eguitea.
3 eguin eguign.
2 eguiten, 5 eguingo egui-
gnen.
Esclabo 1 errendatçea, 4 er-
renda, 3 errendatu, 2 er-
rendatcen, 5 errendatuco.

A

*abdicere, litem contra ali-
quem dare et rem alicui
abiudicare.*
norbaïti hauçi.
1 ematea, *uel.*
1 eguitea.
norbaïten contra
sententçia, 1 ematéa, eta
norbaïti gauça.
1 aithortçea, 4 aïthor.
3 aithortu, 2 aithortçen.
5 aithortuco.
abditus, a.
gordéa, segretua, estalia.
Loca abdita, lekhu gordeac.
Seggretuac, apartatuac, es-
taliac.
ad ventrem exonerand.
sequerétac.
abdite.
secretuqui segretuan.
ichillic, gorderic estaliric.
abdere.
1 gordetçéa, 4 gorde.
3 gordétu, 2 gordetcen, 5 gor-
detuco.
abdere se in domo.
etchean 1 gordetçea.
abdi.
gordea içatéa, içan içatu.
gorderic 1 egotéa, 4 egon, 2
egoten, 5 egonen, egongo,
3 egotu, estaliric, 1 egotea.
abdomen.

A

Phontça.

abdomen insaturabile.

ecignassericaċo phontça *vel*
ecign assedaïtequeen Pont-
ça.

abdomen saturatum.

Phontç assea *vel* sabel assea.

abducere 2 khentcen, 3 khen-
duco, 1 khentçea, 4 khen,
3 heldu, 1 garraiatçéa, 2
garaajatcen, 4 garraia, 3
garraiatu, 5 garrajatuco.

1 aldaratçea, 4 aldara, 2 al-
daratcen, 5 aldaratuco, 3
aldaratu, 1 apartatçea, 4
aparta, 3 apartatu, 2 apar-
tatcen, 5 apartatuco, 1 era-
matea, 3 eraman, 2 erama-
ten, 5 eramanen, eramangu.

abduximus inuitos.

borichaz, *uel* atssecabe.

dutela, *vel* nahi gaberic.

vel nahieztutela, 3 khendu.

ditugu, 3 eraman ditugu.

Ille abduxit vxorem a ma-
rito.

harc 3 eraman dio

Senharrari bere Emaztea.

abducere se a negotiis.

eguitecoétaric 1 aldaratçéa.

abducere bona sua.

bere ontassunac.

1 garrajatçéa.

abducere se ab aliquo.

A

norbaitenganic.

1 apartçéa.

abduct...

khendua...

garraiatua...

aldaratua 1 içatéa.

apartatua...

abductus, a.

khendua etc., ut suprà.

abedere.

1 irestea, 4 iretss, 3 iretssi,
2 iresten, 5 iretssico.

abemere.

1 hartçéa, 4 har, 3 hartu, 2
hartçen, 5 hartuco.

1 erostea, 4 eross, 3 erossi,
2 erosten, 5 erossico.

abire.

1 goateá, 3 goän, 2 goaten,
4 goango, goanen.

abiit hinc a me.

hemendic 3 goanda.

eneganic.

Istuc abiit.

3 goanda hárat.

abeo intro.

banoha barna *uel.*

barrenéra.

abire Longé.

vrrun, goatéa.

abire dormitum.

militatum, etc.

lotára, guerlára.

1 goatéa.

A

abiit diues, aberatss 3 goanda.

abiit tempus, dembora. 3 goanda.

abiit mihi vinum in cerebrum. arnóä bururat 3 goan çait.

abiit in fumes. khetan 3 goanda.

non hoc sic abibit. ezta hori horla.

5 göánen *uel* goango.

abi vivum te judico. 3 goan caite *vel.* çohaz guiçon galant bat *uel* brabobat çare.

abi, nescis, 3 goan çaite *vel.* çohaz, gueldobat, *vel.* illhaunbat *vel* ezdeuss bat, çare.

abi hinc in malum. horam, 3 goan çaite *vel.* çohaz hemendic ordu gach- tóän.

abequitare. Çamariz 1 ibiltcea, 4 ibill, 3 ibilli, 2 ibiltçen, 5 ibillico.

Prœtores pauidi inter tumul- tum abequitauerunt. buruçagui beldurliác. camariz 3 ibilli dire. poblua, 3 nahassi deu *uel.* 3 altaratu deu, orduan.

abercere abarcere. 1 guardatçea, 2 guardat

A

4 guarda, 3 guardatu, 5 guar- datuco.

1 beguiratcea, 4 beguira. 3 beguiratu, 2 beguiratcen beguiratuco.

1 debecatçea, 4 debeca. 3 debecatu, 2 debecatcen, 5 debecatuco, *vel* debeca- turen.

aberrare. 1 errebelatçea, 4 errebéla. 3 errebelatu, 2 errebelatcen. 5 errebelatuco.

Puer aberrauit a, Patre. haurra 3 errebelatu da. ailagànic, *uel* 3 errebelatu çajo aitari.

aberrare a Ianua. athéän 1 Errebelatçea.

aberrare a via. bidean 1 errebelatçéa.

redeat unde aberrauit oratio. 4 bihurbedi solassa 3 errebelatu deu lekhura.

aberratio. errebelatçéa, *uel* errebela- mendua.

abfore. faltatuco dela, *uel.* escastuco dela.

nihil abforecre dunt quin, etc. vste dute eztéla faltatuco deusere... baiçen.

2

A

abgregare.
aparttematea, 2 ematen.
3 eman, 4 emanen.
emango.
apart, 1 eçártçea, 2 eçart-
çen.
3 ecarri, 4 ecar, 5 eçarrico.
abhinc.
hemendic.
seque ad Ludos iam inde
abhinc exerceant.
vssabeitez jocótan.
hemendic aitçignera.
abhinc Triennium, i.
ante tres annos.
hemendic hirur yrthe.
bagno lehen, *quod est abhinc,*
ab illinc hemendicacoa.
horti cacoa handicacoa.
abhorrere.
1 abhorritçea, 4 abhorri.
3 abhorritu, 2 abhorritçen,
5 abhorrituco.
1 higuintçea, 4 higuin, *vel.*
higuign, 3 higuindu, 2 hi-
guintçen, 5 higuinduço.
omnes abhorrent ot
immanem bestiam.
guçiec higuintçen dute.
uel abhorritçen dute.
salbaiabat beçala.
vel bassabestia gachto
bat beçala.
abhorrescere,

A

1 laztéa, 4 latç, 3 laztu.
2 lazten, 5 laztaco.
1 ikharatçea, 4 ikhara, 3 ik-
haratu, 2 ikharatçen, 5 ik-
haratuco.
1 latçikharatcéa, 4 latçikha-
ra, 3 latçikharatu, 2 latçi-
kharazten, 5 latçikhara-
tuco.
1 ikharalaztea, 3 ikharalaz-
tu, 4 ikharalatç, 2 ikhara-
lazten, 5 ikharalastuco.
sic eum abhorreo ot
eundem abhorresco.
halaço manéraz, 2 abhorrit-
çendut non hura ikhusteaz
beraz.
2 lazten, *vel* 2 ikharatçen.
vel 2 latçikharatçen, *vel* 2
ikhara lazten baïnaïz.
abhortari.
1 desanimátçea, 4 desanima.
3 desanimatu, 2 desanimat-
cen.
5 desanimatuço.
1 descuraiatçea, 4 descuraja.
3 descuraiatu.
2 descurajatçen, 5 descura-
jatuco.
abjecte.
pobrequi, gueldoqui.
baçhóqui, miserablequi, la-
çhóqui, gachoqui, pobre-
guissa.

A

gueldoguissa, esclaboguissa,
  ttipiguissa.
abjectio.
Ttipitassuna, bachotassuna,
  gochotassuna, gachoque-
  ria.
gueldoqueria, gueldotassuna.
abjectare.
maïzhirriscatçéa.
maïzhirrisca, maïzhirriscatu.
abjectus, part.
desanimatua, desçuraiatuá
  gathulúä.
menospreçiatua.
arbuiatúä, gueldotúä.
abjectus, adi.
gaçhoa, gueldoa.
ttipia bachoa.
abjecta oratio.
mintçatçe, *uel* mintço.
ttipia, bachóa.
abjecta persona.
gueldóä, gaçhóä, ezdeussa.
abiecula.
sapignarbolatçhóa.
sapignarbolattoa.
sapignarbolattipia.
sapignarbola chuméa
sapintçhumea.
sapinttipia.
abiegnus.
sapignezcóa.
sapinthaulazcóa.
sapignarbolezcóa.

A

sapigneticacóa.
sapignarboleticacóa.
abiens.
goatéan, partitçean.
abies.
sapigna, sapignarbola.
abietarius, adi.
sapignaréna, sapignarbola-
  réna.
abietarius negociator.
sapign, *vel* sapignarbolo, *vel*
  sapignthaül negóçiantea,
  uel nortéco marïchaüta,
  vel sapign et mercataria,
  vel sapign et tratuçalea.
abietarius, mas.
charpantera.
vntçiharótça.
abiga, lur *vel* lurreco int-
  ssientssuä.
abigeatus, m.
kentçea, atheratcéa,
khassatçéa, etçhatçéa.
abigendus.
etçhatçecoa, atheratçecóa.
khassatçecoa.
khentçecóa, *uel* etchatçéco
  et ona, *uel* hobeagóa, *vel*   *etc*
  khendua.
atheratua, etçhatua,
khassatua, içatéco,
ona *vel* hobeagoa.
etchagarria, etçhatu behar-
  ra, etc.

Lacoïzqueta donne Abies (trois espèces) izaya. Lab.

Chaho   Abies = Izei, Souletin.

Fabre   Sapin = Izaya, Lab.

A

A

abigens, vide abactor.
abigere.
1 tiratçea, 4 tira, 3 tiratu.
2 tiratcen, 5 tiratuço.
1 atheratçea, 4 athéra, 2 athe-
ratçen, 5 atheratuco, 3 athe-
ratu.
1 khentcea, 4 khen, 3 khendu.
2 khentçen, 5 khenduco.
1 khassatçea, 4 khassa, 3
khassatu.
2 khassatcen, 5 khassatuco.
1 haiçatçea, 4 haica.
3 haiçatu, 2 haiçatçen, 5 hai-
çatuco.
1 icitçéa, 4 içi, 3 içitu, 2 icit-
çen, 5 icituco, *vel* içitúren.
abigere volucres.
choriac 1 khassatçea.
1 içitçeä, 1 haiçátçea, etc.
abigere ab œdibus.
etchetic, 1 atheratçea.
1 khentçea, 1 khassatçea.
abjicere.
conturic ez 1 eguitea.
uel casuric ez, etc.
1 aurthiquitçea, *infra* 4.
1 ez antssiatcea, 2 ez antssiat-
cen.
4 ez antssia, 3 ez antssiatu, 5
ez antssiatuco, 4 aurthic,
3 aurthiqui.
2 aurthiquitcen, 5 aurthi-
quico,

1 vztea, vtç, 3 vtci, 2 vzten,
5 vtçico.
abjicere sese.
bereburuaz cassúric.
uel conturic ez eguitea.
uel ezantssiatçea, *se solo.*
abjicere onus.
carga 1 aurthiquitçea.
abjicere rem exiguo prœtio.
gauça merque 1 vztea.
uel 1 saltçëa.
*abjicere se humi in herbam
ad pedes Cœsaris.*
bere burua 1 aurthiquitçea.
lurrerat belharr gagnéra.
cesaren oignétara, *vide.*
supra abjicere.
abjici.
vtçia.
aurthiquia, içatéa.
ezantssiatua.
abijiciendus.
vztecóa.
aurthiquitçecoa.
vzteco *uel.*
aurthiquitceco *vel.*
vtcia içateco, ona.
vtç garria *vel* vtcibcharra.
abinde vide abhinc.
ab insperato.
vstecabez, nihorc.
vste eztuela supituqui.
içbillic.
vstecaberic, iduriqui.

A

içatu gabe.
iduriqui içatu gaberic.
iduriqui içatu gabetanic.
ab intestato.
testament gabe.
testamentic gabe.
azquen nahi gabe azquen.
nahi gaberic azqueneco.
borondate gabe, azquen.
borondateric gabe.
ab intestato decéssit.
testamenta *uel* testamentic.
eguin gabe hilda.
azquen nahia *vel.*
azqueneco borondatea.
declaratu gabe, *uel.*
aditçera eman gabe.
vel adiaráci gabe, *vel.*
uel eracutssi gabe hilda.
abintestato succedere.
testamentic gabe, *uel.*
testamentic eracutssi.
gabe et hurbillena.
beçala ontassunez.
iabetu da, *uel* primutu
da *uel* andregaitu da.
ab intra.
barnetic.
abitio.
goatea partitçea.
partiada.
campana funebris.
partiadáco ezquilla.
agonia, hill ézquillac.

A

abitus.
partiada, passaga.
paussua.
omnem abitum.
custode coronare.
paussu guçietan.
guardac 1 eçartçea.
abitus hirundinum.
enáda *uel* enáden.
passaia, partiada.
abjudicatus, a.
jugearen sententiaz
emana, khendua.
abjudicare agrum ab aliquo
    et alteri addicere.
larréa norbaiti 1 khentçea.
eta bertçeri 1 ematea.
abiudicare sibi libertatem.
bereburuari libertatea
1 khentçea.
abiuges hostiœ, behi gaztéäc.
sacrificatçeco, *uel.*
sacrifiçiotaraco *hostia*
animalia vztastu eziçatuac.
vel vztarrian ez vssátuac.
vel vssátu gábeac.
vel ez vssaturicácoäc.
abiugare.
1 des vztartçea, 4 des uztar.
3 des vztastu, 2 des vztart-
    çen.
5 des vztartuco.
abjugare bouem.
idia desuztártçea.

A

1 separatçea, 1 apartatcea.
abjungere 2 separtcen, 5 se-
  paratuco.
1 separatçea, 4 separa.
3 separatu, 1 apartatcea.
3 apartatu, 4 aparta, 2 apar-
  tatçen, 5 apartatuco.
1 desguntatçea, 4 desiunta,
  3 desjuntatu, 2 desiuntat-
  cen, 5 desjuntatuco.
abjuratio, arnéguia.
vel vkhatcea vel.
iuramentureaquign.
vkhatçea, uel.
iuramenturequico.
vkhatçea, uel.
abjuriçioa, uel.
abjuraçionea.
abjuratus, a.
arnegatua, vel.
iuramenturequigu.
vkhatua, vel vkhaturicacoa.
abjuratœ rapinœ.
bortçhazco ebasqueria vel
  ohoinqueria iuramenture-
  quiŋgn vkhatuac.
vel vkhaturcacoac.
uel bortçhazco ohoinqueria,
  ebasqueria, arnegatuac.
uel arnegaturicacoac.
abjurare 2 arnegatcen.
1 arnegatcea, 4 arnega.
3 arnegatu, 5 arnegatuco.
iuramentur equign.

A

1 vkhátçea, 4 vkha.
3 vkhatu, 2 vkhatcen, 5 vkha-
  tuco.
abjurare creditum.
iuramenturequign.
çorra 1 vkhátçea.
abjuraui hœresin.
arnegatu dut heressiaz vel
  heressia.
vel hautu galgarriχ electio-
  nem perniciosam.
ablactatus, a.
vel dithilic.
bulharretic, vel esnétic khen-
  dua aldaratua apartatua.
khenduricacoa aldaraturica-
  coa, apartatu -
  χicacoa.
ablactare.
vel dithilic.
bulharretic vel esnetic, uel
  bulharradithia.
esnea 1 khentçéa.
bulharretic, esnétic.
dithitic 1 aldaratcea, 1 apar-
  tatçea.
esneari apartatçea.
ablactauit infantem.
bulharretic haurra.
3 khendu da vel.
haurrari bulharra dithia.
3 khendu dio.
haurra bulharretic.
dithilic.

A

3 aldaratu du.
3 apartatu du.
ablactauit se.
esneari 3 apartatu.
çajo.
ablaqueatio.
arbola erro lekÿuco.
lurra haintçúrtçea.
eta arbol erróac.
aguertçea billuztea, *vel* ar-
bol ondoa jorratçea.
haintçurtçea eta.
erroac aguértçea.
ablaqueatus, a.
lur jorratutic, *uel.*
haintçurtutic, aguertua, bil-
luçia.
ablaqueare.
arbol' ondoa, 1 jorratcea, 4
iorra, 3 iorratu, 2 iorrat-
cen, 5 iorratuco.
1 haintçurtçea, 5 haintçur-
tuco.
arbol erroac.
1 aguertçea, 4 aguer.
3 aguertu, 1 billuztea, 4 billuz.
3 billuci, 2 billuzten, 5 bil-
lucido.
ablatio, alchatcea.
eramátea.
ablatiuus, a.
altçhatceco.
eramatecó allchatua, *uel* era-
mana içatécoʃona.

A

uel propria, uel eraman
garria *vel* beharra.
ablatiuus.
cassu ablatiboa *vel.*
ablatiboco cassúa.
ablatus, a.
alçhatúa eramána. goratua.
ablatus vnda.
vÿin colpeaz era.
mana, eramanicacoa.
ablata sponsi bracÿhiis.
espossaren bessoóën.
artetic, *vel* bessÿettaric, alt-
chatua.
goratua, goraturicacoa.
crura nec ablato prosunt ve-
locia cervo.
etcaïzco çango arignac ba-
liatçen.
oregn altçhatuari.
vel atçhaturicacoari,
ablectus, a.
bereçia, haÿlatuä.
ederra, brabóä.
paregabea.
ablegatio, bidalçea.
egortçea.
ablegatio inventutis ad bel-
lum.
gazteria, guerlára.
egortçeä, bidaltçea.
ablegatus, a.
egórriä, bidaldua.
ablegatus de industrias.

A

espressùqui, *uel.*
berariaz, *vel* bere
buruz, egórria.
bidaldua.
remoto atque able(le)gato
  viro.
senharra egorri.
edo bidaltu.
eta, *vel.*
senharra bidal.
duric, eggoriric.
vel senharra.
bidaldu, eggorri.

A

ondoan.
ablegmina.
erraiquiac, errai.
partebat, erraiqui.
phuscabat, *vel*
ogui errosquillac.
vel friandizqueriac, *vel* go-
  choquériac, *uel* oregnerra-
  jac.
ablegare, 2 egortcen.
1 egortçea, 4 egor.
5 egorrico, 3 egorri.

Imp et Litho. A. Lamaignère. — Bayonne. — Biarritz.